Leserabe

2. Lesestufe

Fabian Lenk

Rabenstarke Krimigeschichten

Mit Bildern von Wilfried Gebhard
und Alexander Steffensmeier

Ravensburger Buchverlag

Bibliografische Information der Deutschen Nationalbibliothek:

Die Deutsche Nationalbibliothek verzeichnet diese Publikation
in der Deutschen Nationalbibliografie.
Detaillierte bibliografische Daten sind im Internet
über **http://dnb.d-nb.de** abrufbar.

1 2 3 15 14 13

Diese Ausgabe enthält die Titel
„Detektivgeschichten zum Mitraten" von Fabian Lenk,
mit Illustrationen von Alexander Steffensmeier,
„Krimigeschichten zum Mitraten" von Fabian Lenk
mit Illustrationen von Wilfried Gebhard

Ravensburger Leserabe

Umschlagbild: Wilfried Gebhard
Umschlagkonzeption: Claudia Stein
Rätsel: Petra Buck
Rätselillustrationen: Heribert Schulmeyer

Printed in Germany
ISBN 978-3-473-36406-0

www.ravensburger.de
www.leserabe.de

Inhalt

Fabian Lenk

Detektivgeschichten zum Mitraten

Mit Bildern von

Alexander Steffensmeier

Inhalt

Der Schatz am Strand

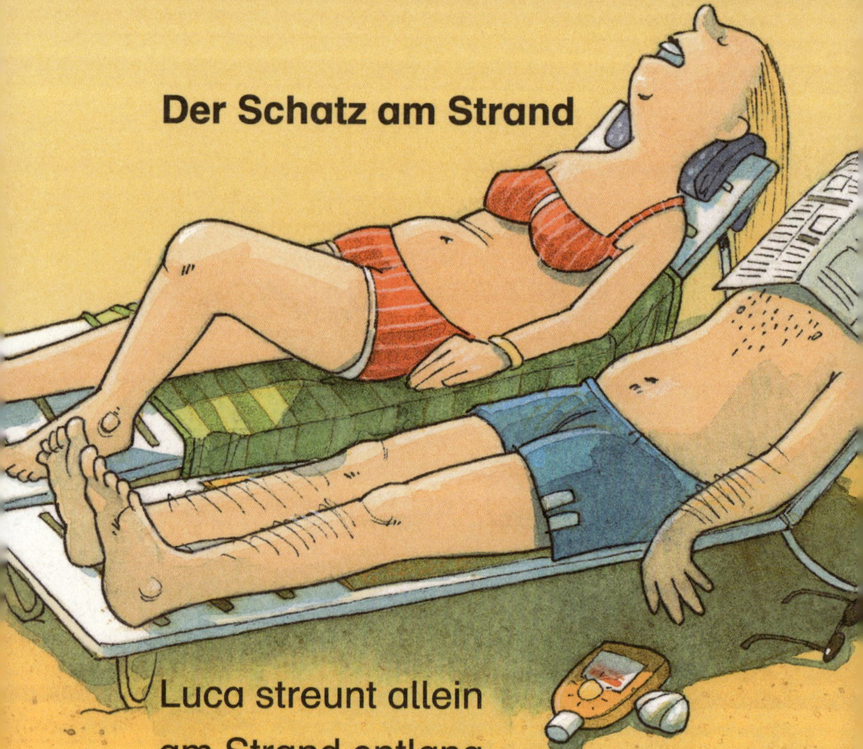

Luca streunt allein
am Strand entlang.
Seine Eltern schlafen
in den Liegestühlen –
wie immer im Urlaub.
Das findet Luca langweilig.
Er geht lieber auf Schatzsuche.

Am Strand gibt es immer
etwas zu entdecken.
Prächtige Muscheln, bunte Steine,
flinke Krebse oder
geheimnisvolles Treibgut.
Luca muss nur die Augen
offen halten.
So wie jetzt.

Er greift in den Sand
und hält einen Stein
in der Hand.
So einen schönen Stein
hat er noch nie gefunden!

Er ist ganz glatt,
schimmert goldbraun und
hat die Form eines Herzens.

„Ob das Bernstein ist?“,
überlegt Luca.
Dann wäre der Stein
bestimmt ganz viel wert.

Sofort rennt er zu seinen Eltern.
„Schaut mal,
was ich gefunden habe!“, ruft er.
Sein Vater gähnt nur.

„Ist das Bernstein?“,
will Luca wissen.
„Keine Ahnung“,
antworten seine Eltern.
Luca ist sauer.
Er muss wissen,
ob sein Fund wertvoll ist.
Halt, da fällt ihm etwas ein!
Neben dem Hotel liegt
doch ein Schmuckgeschäft!
Luca flitzt dorthin.

Der Besitzer heißt Mohr.
Herr Mohr untersucht den Stein.

„Ich bin mir nicht sicher,
ob das Bernstein ist“,
sagt Herr Mohr.
„Am besten du lässt
den Stein hier.
Bis morgen habe ich
ihn genau untersucht.“
„In Ordnung“,
sagt Luca und geht.

Am nächsten Tag läuft Luca
gleich nach dem Frühstück
zum Schmuckgeschäft.
„Guten Morgen!“, ruft er.
„Ist es Bernstein?“
Herr Mohr grinst listig.
„Wovon sprichst du,
mein Junge?“
Luca versteht nicht ganz.
„Na, von dem Stein,
den ich Ihnen gestern
gegeben habe.“
Das Lächeln verschwindet
aus dem Gesicht von Herrn Mohr.
„Du hast mir keinen Stein gegeben.
Was redest du für einen Unfug?“,
ruft er.

Jetzt begreift Luca.
„Sie wollen den Stein
für sich behalten“,
sagt er wütend.
Jetzt wird auch Herr Mohr sauer.
„Was erlaubst du dir? Raus!“,
brüllt er.

Luca rennt aus dem Laden.
Er könnte heulen.
Aber Luca flennt nicht.
Er saust zu seinen Eltern.
Diesmal müssen sie ihm helfen!
Und genau das tun sie auch.
Plötzlich sind sie hellwach.

Im Schmuckgeschäft
stellen sie dann
Herrn Mohr zur Rede.
Doch der bleibt dabei:
„Der Kleine hat mir
keinen Stein gegeben.
Es muss sich
um eine Verwechslung handeln.
Oder Ihr Kind hat zu viel Fantasie.“

„Zu viel Fantasie kann
man gar nicht haben“,
brummelt Lucas Mutter.
Sie streichelt Luca über den Kopf.
„Da kann man nichts machen“,
meint sie tröstend.
„Wir können nicht beweisen,
dass dein Stein hier ist.“
Luca will aus dem Geschäft
stürmen.
Doch da hält er inne.
Er hat etwas entdeckt!

Was hat Luca entdeckt?
Schau dir das Bild genau an!

Raub auf dem Weihnachtsmarkt

Pia und ihr Papa schieben sich
durch das Gedränge
des Weihnachtsmarktes.
Morgen ist Heiligabend.
Und Pias Papa hat noch
kein Geschenk für Mama.
Sie wünscht sich einen Pullover.

Jetzt hält Pias Papa
einen lila Pullover hoch.
„Was hältst du von dem?“,
fragt er unsicher.
„Gruselig!“, lacht Pia.
Ihr Papa ist ein toller Polizist.
Aber beim Einkaufen ist er hilflos.

„Oje“, seufzt Pias Papa.
„Ich finde wohl nie das Richtige.“
„Nicht aufgeben“, rät Pia.
Da gellen Schreie
über den Weihnachtsmarkt.
„Hilfe, ein Dieb!“

Pias Papa strafft die Schultern.
„Ich habe heute eigentlich frei,
aber das ist etwas anderes“,
sagt er.
Mit Pia rennt er in die Richtung,
aus der die Schreie kamen.

An einem Bratwurststand
steht eine alte Frau und schimpft.
Pias Papa schiebt sich
durch die Menge.
Er sagt, dass er Polizist ist.

„Ein Glück!“, ruft die Frau.
„Ein Mann hat mir
die Handtasche mit meinem
Geldbeutel weggerissen.
Der Dieb ist klein, dünn
und trägt eine gelbe Mütze.
Er lief da lang!“
Die alte Frau zeigt zur Kirche.

„Welche Farbe hat die
Handtasche?“,
fragt Pias Papa.
„Grün“, antwortet die Frau.

Pias Papa alarmiert seine Kollegen
über das Handy.
„Bis die da sind,
will ich mich mal umschauen.
Bleib du so lange hier, Pia.“
„Hierbleiben? Nö!“, sagt Pia
und flitzt ihrem Vater hinterher.

Im Gedränge suchen sie nach
einem kleinen Mann
mit gelber Mütze.
Keine leichte Sache!
Doch was ist das?
Pia schaut noch mal genau hin.
Ja, aus einem Mülleimer ragt
der Tragriemen einer Handtasche!
Pia zieht die Tasche heraus.
Sie ist grün!

„Gut gemacht, Pia“,
lobt ihr Vater.
Er untersucht die Handtasche.
Der Geldbeutel ist natürlich weg.
Doch da stutzt Pias Papa.
„Wen haben wir denn da?“
Er deutet auf einen kleinen Mann
mit gelber Mütze.
„Das ist der flinke Freddy“,
meint Pias Papa.
„Ein alter Bekannter sozusagen.
Er ist ein Dieb!“

Nie hätte Pia gedacht,
dass Einkaufen mit Papa
so spannend sein könnte.
„Komm, wir nehmen ihn fest“,
flüstert sie.
Ihr Papa sieht sie entgeistert an.
„Wir?“
„Klar, wir!“, meint Pia.
Ihr Papa lacht.

„Langsam, erst mal hören,
was Freddy zu erzählen hat“,
sagt er.
Freddy ist ein netter Typ.
Er lächelt ständig.
Pias Papa ist nicht ganz
so freundlich.
„Einer Frau wurde
die Handtasche gestohlen“,
sagt er kühl.
„Und Sie sind in der Nähe.
Was für ein Zufall.“

Wieder lächelt Freddy.
„Sie sagen es, Herr Kommissar:
ein Zufall!
Ich habe mit der Sache
nichts zu tun.“
Pias Papa runzelt die Stirn.
„Ich glaube nicht an Zufälle“,
sagt er.
Freddy hebt die Schultern
und meint:
„Durchsuchen Sie mich ruhig.
Und glauben Sie mir“,
sagt Freddy.
„Ich würde nie einer alten Frau
die Handtasche stehlen!“

Pias Papa winkt ab
und meint zu ihr:
„Lass uns gehen.
Ich brauche schließlich
noch einen Pulli für Mama."
Pia schüttelt den Kopf.
„Nimm erst Freddy fest!"
„Das geht doch nicht",
widerspricht ihr Vater.
„Wir haben keinen Beweis."
„Von wegen", ruft Pia.
„Den haben wir schon!"

Welchen Beweis meint Pia?

Zwei Schatten in der Nacht

„Ach, du Schande“,
jammert Tobis Vater
vor dem Fernseher.
„Der dicke Paul ist
aus dem Gefängnis geflohen!“
Tobi spitzt die Ohren.
„Wer ist denn das?“,
will er wissen.
„Ein berüchtigter Einbrecher“,
seufzt sein Vater.
Tobi nickt. Kein Wunder,
dass sein Vater besorgt ist.

Er besitzt ein Uhrengeschäft.
Es liegt genau neben dem Haus,
in dem Tobi mit seinen Eltern
wohnt.
Jetzt macht Tobis Vater den
Fernseher aus.
„Mama und ich gehen
heute noch ins Theater“, sagt er.
Kurz darauf verabschieden sich
Tobis Eltern.
„Um acht Uhr gehst du
ins Bett, okay?“,
rufen sie ihm noch zu.
Dann sind sie
verschwunden.

Tobi geht fast pünktlich ins Bett.
Bald schläft er ein.
Plötzlich weckt ihn ein Geräusch.
Was war das?
Tobi lauscht angestrengt.
Ein Motor wird lauter.
Scheinwerferlicht fällt durch
die Gardine vor Tobis Fenster.
Dann wird es wieder dunkel.
Ist ja nur ein Auto, denkt Tobi.
Er versucht wieder einzuschlafen.

Doch da hört er ein Klirren!
Tobi rennt zum Fenster
und sieht hinaus.
Scherben liegen vor der Tür
von Vaters Uhrengeschäft!
Tobi läuft ein eiskalter Schauer
den Rücken hinunter.
Einbrecher!
Das ist bestimmt dieser Paul!

Tobi saust zum Telefon
im Wohnzimmer.
Mit zitternden Fingern
alarmiert er die Polizei.
Zwei bange Minuten verstreichen.
Wann kommt die Polizei?
Jetzt hört Tobi ein Martinshorn.
Na endlich!
Jeden Moment muss die Polizei
auftauchen.
Tobi schleicht wieder zum Fenster
und späht hinaus.

Auf der Straße laufen

zwei Gestalten.

Einer nach rechts, einer nach links.

Zwei Schatten in der Nacht.

Beide haben Taschen in der Hand.

Die Männer laufen auf Autos zu.

Einer der beiden Kerle
ist bestimmt Paul,
denkt Tobi.
Der andere ist nur ein
später Spaziergänger.
Aber wer ist wer?
Paul darf doch
nicht entkommen!
Was soll Tobi jetzt machen?

Sein Herz rast.
Da hat er eine Idee.
Wenn er dem Dieb nachläuft
und sich das Kennzeichen
des richtigen Autos merkt,
kann Paul später
geschnappt werden.
Aber wem von den beiden
Männern soll Tobi folgen?

Er schaut noch mal genau hin.
Und da weiß er es!
Tobi nimmt seinen ganzen Mut
zusammen.
Er öffnet das Fenster
und schlüpft auf die Straße.

Dann flitzt er
einem der Männer hinterher.
Der Mann springt ins Auto
und braust davon.
Tobi prägt sich das Kennzeichen
genau ein.

Kurz darauf ist die Polizei da.
Aufgeregt nennt Tobi
das Kennzeichen.
Eine Stunde später
wird Paul tatsächlich geschnappt.
Er hat die Beute noch bei sich.
Und das ist allein Tobis Verdienst.
Denn er hat den richtigen Mann
verfolgt.

**Woher wusste Tobi,
wem er folgen
musste?**

Lösungen:

Der Schatz am Strand

Luca hat in der Auslage des Schmuckhändlers Mohr den gesuchten Stein entdeckt. Er befindet sich in der mittleren Vitrine unter der Kasse auf Seite 18.

Raub auf dem Weihnachtmarkt

Der freundliche Freddy hat sich verplappert. Er erwähnte, dass einer alten Frau eine Handtasche gestohlen wurde (Seite 30). Dass es sich bei dem Opfer um eine alte Frau handelte, hatte Pias Vater jedoch nicht gesagt.

Zwei Schatten in der Nacht

Einer der Schatten ist dick, der andere dünn. Tobi folgt dem dicken Schatten – denn der berüchtigte Dieb Paul ist ja dick, wie Tobis Vater am Anfang der Geschichte erwähnt hat (Seite 32).

Fabian Lenk

Krimigeschichten zum Mitraten

Mit Bildern von Wilfried Gebhard

Inhalt

Die falsche Fährte

Das war ein spannender Tag:
erst die Kanutour
und dann der Besuch
in der Tropfsteinhöhle.
Müde schlurfen Fenja und Marie
hinter Jakob her.
Jakob ist der Leiter
ihrer Pfadfindergruppe.
Er führt die Kinder zurück
zum Campingplatz.

Dort fallen Fenja und Marie
erschöpft auf ihre Schlafsäcke.
Plötzlich schreit Jakob:
„Unser Geld ist weg!“
Fenja und Marie springen auf.
Sie finden Jakob
im Gemeinschaftszelt.
Er hat eine leere Dose
in der Hand.
„Da war unser Geld drin!“,
jammert er. „Ich wollte es nicht
zur Kanutour mitnehmen
und habe es
hier im Zelt versteckt.“

Fenja und Marie sind sich einig:
Sie werden den Dieb finden.
Die Mädchen gehen
um das Zelt herum.
„Schau mal“, ruft Fenja
und zeigt auf einen Schlitz.
„Da hat der Täter
das Zelt aufgeschnitten.“
Marie entdeckt Fußspuren.
„Mann, der Täter hat aber
Quadratlatschen!“, ruft sie.

Fenja holt Papier und Stift.
Sie zeichnet den Fußabdruck ab.
„Das nennt man Spurensicherung“,
erklärt sie. „Habe ich mal
im Fernsehen gesehen.“
„Und jetzt?“, fragt Marie.
„Wie müssen nur schauen,
wem die Schuhe gehören.
Dann haben wir den Täter!“,
ruft Fenja.

Sofort suchen die Mädchen
den Zeltplatz ab.
Bald werden sie fündig.
Das Profil von Jakobs Schuhen
stimmt mit den Abdrücken
am Tatort überein!

„Aber Jakob war's nicht",
sagt Fenja.
„Er war mit uns beim Ausflug."

Sie untersucht die Schuhe.
Innen stecken Papierschnipsel
aus einer Fußballzeitung.
Marie schnippt mit den Fingern.
„Jemand hat Jakobs Schuhe
mit Papier ausgestopft,
damit sie ihm passen.
Dann ist er zum Zelt geschlichen
und hat das Geld gestohlen.
Der Verdacht sollte
auf Jakob fallen!“

Wer könnte etwas Verdächtiges
gesehen haben?
Vielleicht Frau Mahler?
Ihr gehört der Campingplatz.
Fenja und Marie gehen zu ihr.
Frau Mahler hat es sich
mit einem Modemagazin
im Liegestuhl gemütlich gemacht.
„Uns wurde etwas gestohlen“,
sagen die Mädchen.
„Ist Ihnen
etwas Verdächtiges
aufgefallen?“

Frau Mahler ist entsetzt.
„Was, ein Dieb
auf meinem Zeltplatz?
Ich war einkaufen und kam erst
vor Kurzem wieder“, sagt sie.
„Leider habe ich nichts gesehen.“

Wer könnte noch etwas beobachtet haben?
Vielleicht der kleine Herr Jüpner, der im Kiosk Süßigkeiten verkauft?
„Uns wurde etwas gestohlen!“, wiederholen die Mädchen.
„Haben Sie etwas Verdächtiges gesehen?“

„Nein“, erwidert Herr Jüpner.
Kopfschüttelnd legt er
die Fußballzeitung beiseite.
„Das ist ja schrecklich.
Ohne das Geld könnt ihr ja
keine Ausflüge mehr machen.“

Betrübt gehen die Mädchen zurück. Plötzlich schlägt sich Fenja mit der Hand gegen die Stirn.
„Was hast du?“, fragt Marie.
Fenja grinst. „Ich weiß, wer das Geld gestohlen hat!“

Wen hat Fenja in Verdacht?
Die Lösung findest du auf Seite 84.

Der stumme Tom

Urlaub auf dem Land,
das ist doch schön!
Finden jedenfalls Fynns Eltern.
Deshalb schicken sie Fynn
zum dicken Onkel Twister.
Onkel Twister lebt mitten
auf dem platten Land.
Die höchste Erhebung
ist eine Kuh, wenn sie aufsteht.

Onkel Twister hat
ein windschiefes Hotel.
Aber seit einiger Zeit
kommen kaum noch Gäste.
Nur die alte Frau Stratebier
hat ein Zimmer gemietet.
„Voll öde hier“, jammert Fynn.
„Willst du nicht angeln?“,
fragt Onkel Twister.
„Oder Rad fahren?“

„Nö!“, gähnt Fynn.
„Nicht schon wieder.“
Onkel Twister seufzt:
„Früher war’s hier
nicht so langweilig.
Als Tom noch da war.“
„Wer?“, fragt Fynn.
„Der stumme Tom,
der hat hier rumgespukt“,
erklärt Onkel Twister.

„Ein echtes Gespenst,
hier im Hotel?“, fragt Fynn erstaunt.
„Ja“, sagt Onkel Twister.
„Meine Gäste waren begeistert,
denn Tom war eine Attraktion:
Er ließ Spinnen regnen.
Oder kegelte mit seinem Kopf.
Heiliges Kanonenrohr,
hier war was los:
wie im Gruselkabinett!“

„Klingt echt spannend“, findet Fynn. „Aber wieso kommt Tom nicht mehr?“

„Eines Tages war er einfach weg“, jammert Onkel Twister.

„Ich habe überall gesucht. Aber keine Spur!

Und ohne Gespenst ist es den Gästen hier zu langweilig. Niemand kommt mehr!“

„Du brauchst einfach eine neue Attraktion“, meint Fynn.

Onkel Twister runzelt die Stirn.
Doch plötzlich leuchten
seine Augen.
In dieser Nacht
schläft Fynn erst spät ein.
Immer muss er
an den stummen Tom denken.
Kurz nach Mitternacht
weckt ihn ein grässlicher Schrei.
Fynn springt aus dem Bett.

Er rennt zur Tür.
Draußen steht Frau Stratebier.
Sie ist weiß wie Quark.
„Ein Gespenst!“, stammelt sie.
Dann fällt sie in Ohnmacht.
Am nächsten Tag ist alles anders.
Gar nicht mehr öde!
Polizisten sind da
und Leute von der Zeitung –
alle wegen dem Gespenst!

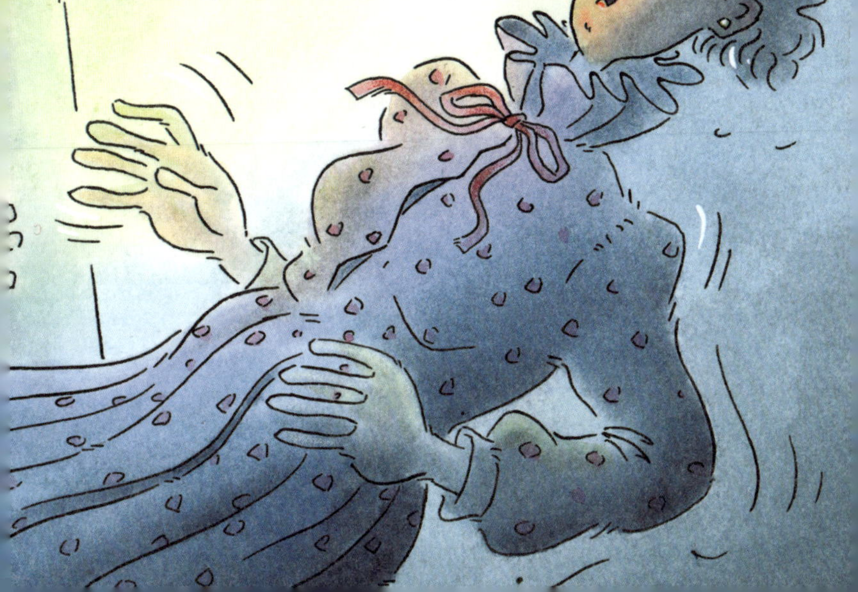

Drei Tage später kommen auch neue Hotelgäste.
Sie lieben den Nervenkitzel.
Onkel Twister hat viel zu tun.
Er hüpft von Gast zu Gast wie ein riesiger Flummi.
„Was für ein Gespenst das wohl ist?“, grübelt Fynn.
„Na, der stumme Tom“, sagt Onkel Twister und strahlt.
„Er ist endlich zurückgekommen!“
Den will Fynn unbedingt sehen.

In der nächsten Nacht
legt er sich auf die Lauer.
Als es Mitternacht schlägt,
hört Fynn plötzlich Schritte.
Sie kommen direkt auf ihn zu!
Fynn macht sich ganz klein.
Sein Herz hämmert.

Vorsichtig späht Fynn
hinter der Truhe hervor.
Eine Gestalt schleicht
im Dunkeln an ihm vorbei.
Das muss der stumme Tom sein!
Da stolpert die Gestalt und flucht:
„Heiliges Kanonenrohr!“

Dann beginnt der Spuk:
Türen schlagen
wie von Geisterhand,
grässliche Schreie erschallen
und ein irres Lachen.
Die Hotelgäste finden
es schaurigschön.

Am nächsten Morgen
fragt Onkel Twister:
„Hast du gut geschlafen?“
„Nö“, sagt Fynn.
„War ja auch mächtig was los.“
„Na ja“, meint Onkel Twister.
Fynn grinst: „Tu doch nicht so!“
„Was meinst du damit?“,
will Onkel Twister wissen.

„Du steckst doch
hinter dem ganzen Spuk“,
flüstert Fynn. „Weil du Gäste
für dein Hotel brauchst.
Aber keine Angst,
ich verrate dich nicht.
Sonst wird’s hier
ja wieder langweilig!“

Warum weiß Fynn,
dass es Onkel Twister war?
Die Lösung findest du auf Seite 84.

Das Bootsrennen

Mein Boot ist schnittig
und hat ein großes Segel.
Es ist so groß
wie ein Schuhkarton.
Papa und ich
haben das Boot gebaut.
Ich habe es **Wellenreiter** genannt.

Denn es schwimmt nicht
einfach so auf dem Wasser.
Es tanzt darüber hinweg.
Bestimmt werden wir heute
bei dem Bootsrennen gewinnen.
Wir stehen am Ufer des Sees.
Viele andere Kinder sind da.

Auch Marcel.
Den kann ich nicht leiden.
Marcel hat eine große Klappe.
Er ist der Größte – sagt er.
Und natürlich ist seine **Möwe**
das schnellste Boot – sagt er.
Zwanzig Boote sind am Start.

Es gibt schlanke Segler,
schiefe Kähne und dicke Pötte.
Kräftig bläst der Wind aus West,
wo der Ort Jennerhausen liegt.
Der Preisrichter ruft:
„Wessen Schiff bis morgen Abend
am weitesten fährt,
der gewinnt ein Schlauchboot!"
Jeder von uns hat einen Zettel
in sein kleines Boot gesteckt.
Darauf steht:

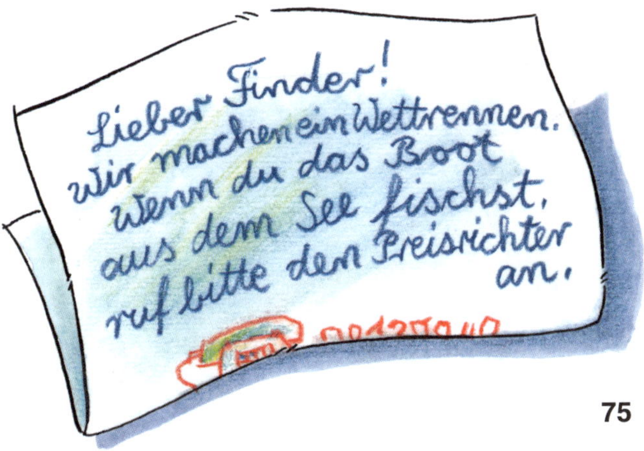

Dann folgt die Telefonnummer.
Der Startschuss fällt!
Ich schiebe mein Boot ins Wasser.
Das Segel bläht sich.
Der Westwind treibt mein Boot
rasch Richtung Osten,
wo die Stadt Langelo liegt.

Auch die anderen Boote legen ab.
Einige kommen schnell voran,
manche langsam,
einige saufen blubbernd ab.
Alle feuern ihre Boote an.
Marcel schreit am lautesten.
Das nützt ihm aber nichts!
Mein **Wellenreiter** liegt
vor Marcels **Möwe** an erster Stelle.
Langsam werden die Boote kleiner.
Am Ufer kehrt Ruhe ein.
Ich drücke meinem **Wellenreiter**
die Daumen – ganz fest!

Marcel lacht laut und blöd:
„Das Schlauchboot gehört mir!
Wetten?“
Ich zeige ihm einen Vogel.

Am nächsten Abend
treffen sich alle wieder.
Immer noch pfeift
der Wind aus West.
Ich bin wahnsinnig aufgeregt.
Heute wird der Sieger gekürt.
Hat es mein **Wellenreiter**
geschafft?

„Nur zwei Boote
wurden gefunden“,
ruft der Preisrichter feierlich.
„Auf Platz zwei
kam der **Wellenreiter**!
Er erreichte Langelo.
Das ist zwei Kilometer entfernt.“
Es gibt jede Menge Beifall.
Ich bin ein wenig stolz.
Und traurig, weil mein Boot
nicht gewonnen hat.
Papa streicht mir über den Kopf.

„Auf Platz eins kam die **Möwe**“, verkündet der Preisrichter. „Dieses Boot schwamm bis nach Jennerhausen. Das sind drei Kilometer!“ Jetzt gibt es noch mehr Beifall. Marcel bekommt den Preis. Ein nagelneues Schlauchboot! Marcel grinst.

Ich könnte platzen vor Neid.
Später sitzen Papa und ich
in einer Eisdiele.

„Der zweite Platz ist auch toll",
sagt Papa tröstend.
„Nö!", brummele ich.
„Dafür gibt's kein Schlauchboot."

Der Wind pfeift um meine Ohren.
Immer noch aus West,
dort, wo Jennerhausen liegt.
Da bin ich mir plötzlich sicher:
Etwas ist faul an Marcels Sieg.
Nur was?
Ich grüble vor mich hin.
Dann habe ich es:
Marcel hat geschummelt!

Woran habe ich gemerkt,
dass Marcel geschummelt hat?
Die Lösung findest du auf Seite 84.

Lösungen:

Die falsche Fährte

Fenja hat den kleinen Herrn Jüpner in Verdacht. Jakobs Schuhe wurden mit Papierschnipseln aus einer Fußballzeitung ausgestopft. Und Herr Jüpner liest gerade in einer Fußballzeitung. Außerdem weiß er, dass Geld gestohlen wurde. Von Geld war aber gar nicht die Rede, sondern nur ganz allgemein von einem Diebstahl!

Der stumme Tom

Tom war doch stumm – aber die Gestalt im Hotel flucht laut: „Heiliges Kanonenrohr!" Worte, die auch Onkel Twister verwendet!

Das Bootsrennen

Der Wind bläst beim Start und am nächsten Tag aus West. Dann kann die Möwe unmöglich Jennerhausen erreicht haben. Denn Jennerhausen liegt westlich vom Startplatz der Boote. Um dorthin zu gelangen, hätte die Möwe gegen den Wind segeln müssen.

Fabian Lenk, geboren 1963, lebt mit seiner Frau und seinem Sohn in der Nähe von Bremen und ist als Redakteur einer Tageszeitung tätig. Er liebt Musik, Brettspiele, Fußball und den Nervenkitzel. Deshalb denkt er sich gerne spannende Geschichten aus. 1996 erschien sein erster Kriminalroman für Erwachsene, dem fünf weitere folgten. Inzwischen schreibt er überwiegend für Kinder und Jugendliche und hat zahlreiche historische Romane, Mitrategeschichten und Krimis veröffentlicht.

Alexander Steffensmeier wurde 1977 geboren und wuchs in einem kleinen Dorf in Ostwestfalen auf. Schon immer hat er gerne gezeichnet und gelesen, und darum ist das Illustrieren von Büchern auch genau der richtige Beruf für ihn.

Inzwischen lebt er in Münster, wo er im Sommer 2004 sein Designstudium abschloss. Mehr über ihn kann man auch auf seiner Internetseite www.alexandersteffensmeier.de erfahren.

Wilfried Gebhard hat Grafik und bildende Kunst studiert. Danach arbeitete er zunächst in einer Werbeagentur, aber dort waren seiner Fantasie zu viele Grenzen gesetzt. Auf dem Papier entstand ein Cartoon nach dem anderen. Sie erschienen bald in zahlreichen Magazinen und Zeitschriften. Und weil Wilfried Gebhard so viel Spaß daran hatte, zeichnet er nur noch, besonders gerne für Kinder.

Rätsel

mit dem Leseraben

Die **Rabenstarken Krimigeschichten** sind hier zu Ende. Aber der Leserabe hat sich noch ein paar knifflige Detektiv-Rätsel ausgedacht. Ob du richtig gerätselt hast, kannst du auf den Seiten 116–120 bei den Lösungen nachlesen.

Aber jetzt kommt's! In einigen Rätseln findest du rote Felder mit Nummern. Wenn du die dazugehörigen Buchstaben sammelst, erhältst du das Lösungswort:

1	2	3	4	5	6	7	8

Mit diesem Lösungswort kannst du am Leseraben-Gewinnspiel teilnehmen. Wie das genau geht, steht auf Seite 121.

Leserätsel

Super, du hast das ganze Buch geschafft! Hast du die Geschichten ganz genau gelesen? Der Leserabe hat sich ein paar spannende Rätsel für echte Lese-Detektive ausgedacht. Mal sehen, ob du die Fragen beantworten kannst. Wenn nicht, lies einfach noch mal auf den Seiten nach. Wenn du die richtigen Antwortbuchstaben in die Kästchen auf Seite 92 und 95 eingesetzt hast, bekommst du die beiden Lösungswörter.

Fragen zu den „Detektivgeschichten“

1. Warum langweilt sich Luca? (Seite 8)

F: Weil seine Eltern im Urlaub immer in den Liegestühlen schlafen.

G: Weil er nur Muscheln, Steine und Treibgut am Strand findet.

2. Was entdeckt Luca im Sand? (Seite 10)

E : Einen goldbraun schimmernden Stein, der die Form eines Herzens hat.

O: Eine geheimnisvolle Flaschenpost.

3. Wieso behauptet Herr Mohr, dass Luca ihm keinen Stein gebracht habe? (Seite 15)

T: Luca war wirklich noch nie im Schmuckgeschäft von Herrn Mohr.

S: Herr Mohr möchte den Stein für sich behalten.

4. Was machen Pia und ihr Papa auf dem Weihnachtsmarkt? (Seite 20)

T: Sie suchen nach einem Geschenk für Pias Mama.

P: Sie wollen eine Bratwurst essen.

5. Warum ist Pias Papa gleich zur Stelle, als die beiden Schreie hören? (Seite 21/22)

N: Pias Papa ist Polizist – auch wenn er heute eigentlich frei hat.

R : Pias Papa ist sehr neugierig.

6. Weshalb befragt Pias Papa Freddy? (Seite 27)

A: Pias Papa kennt Freddy und weiß, dass er ein Dieb ist.

I : Freddy hat gesehen, wer der alten Dame die Handtasche gestohlen hat.

7. Warum jammert Tobis Vater vor dem Fernseher? (Seite 32)

- **H**: Er erfährt, dass der dicke Paul aus dem Gefängnis geflohen ist.
- **L** : Das Fernsehprogramm gefällt ihm nicht.

8. Welches Geschäft liegt neben dem Haus von Tobis Eltern? (Seite 33)

- **D**: Die Bäckerei des Nachbarn.
- **M**: Das Uhrengeschäft von Tobis Vater.

9. Was tut Tobi, als die Diebe weglaufen und die Polizei noch nicht da ist? (Seite 41/42)

- **Z**: Er versteckt sich unter der Bettdecke.
- **E** : Er merkt sich das Autokennzeichen und hilft so der Polizei, die Diebe zu fassen.

Lösung:

1	2	3	4	5	6	7	8	9

Fragen zu den „Krimigeschichten“ 

1. Wo hat Jakob das Geld der Pfadfindergruppe versteckt? (Seite 49)
B: In seinem Zelt in einem Schuh.
S: Im Gemeinschaftszelt in einer leeren Dose.

2. Was entdecken Fenja und Marie, als sie um das Zelt herumgehen? (Seite 50)
A: Einen Schlüssel und einen Zettel.
P: Einen Schlitz im Zelt und Fußspuren.

3. Warum hat Frau Mahler nichts Verdächtiges gesehen? (Seite 55)
U: Sie war einkaufen.
L: Sie hat geschlafen.

4. Was schlägt Onkel Twister vor, als Fynn sich langweilt? (Seite 60)
R: Fynn soll angeln oder Rad fahren.
I: Fynn soll fernsehen oder ein Buch lesen.

5. Warum hat Onkel Twister keine Gäste mehr im Hotel? (Seite 63)

S: Das Hotel ist dreckig und windschief.

E: Ohne den stummen Tom ist es den Gästen zu langweilig.

6. Warum wacht Fynn nachts auf? (Seite 64/65)

N: Frau Stratebier schreit grässlich, weil sie ein Gespenst gesehen hat.

A: Ein Gespenst kitzelt ihn am Fuß.

7. Was sagt Marcel von sich und seinem Boot? (Seite 74)

N: Er sei der Schönste und sein Boot das älteste.

S: Er sei der Größte und sein Boot das schnellste.

8. Was steht auf den Zetteln, die die Kinder in die Boote stecken? (Seite 75)

C: Der Finder soll den Preisrichter anrufen.

K: Der Finder soll das Boot im Fundbüro abgeben.

9. Was ist der Preis, der den Sieger des Bootsrennens erwartet? (Seite 75)

H: Ein nagelneues Schlauchboot.

W: Ein riesiger Eisbecher in der Eisdiele.

Lösung:

1	2	3	4	5	6	–
7	U	8	9	E		

Bilderrätsel

Auf den Bildern siehst du drei Nachwuchs-Detektive auf der Lauer. Aber was ist das? Auf dem rechten Bild stimmt doch etwas nicht! Findest du die **acht** Fehler?

Buchstabengitter

In diesem Buchstabengitter haben sich sowohl waagrecht als auch senkrecht **sieben** Begriffe aus der Detektivwelt versteckt.
Findest du sie? Streiche die Wörter im Gitter an und schreibe sie danach auf die Linien auf der rechten Seite.

S	I	L	B	O	B	E	U	T	E	W
O	N	U	M	T	U	G	S	P	L	A
M	Ä	S	E	T	Z	O	G	U	D	L
E	R	N	I	A	C	K	A	R	I	S
K	L	A	N	G	F	I	N	G	E	R
P	F	I	B	S	A	P	O	K	B	U
U	T	L	R	U	D	U	V	Ü	U	F
T	R	A	U	B	I	B	E	I	T	O
E	W	S	C	H	L	O	W	R	A	S
G	I	P	H	U	L	K	M	U	H	S
A	V	E	R	D	A	C	H	T	L	I

Bilder-Kreuzworträtsel

In diesem Kreuzworträtsel verstecken sich einige Begriffe rund ums Thema Detektive. Schau dir die Bilder genau an und trage die gesuchten Wörter in das Gitter ein.

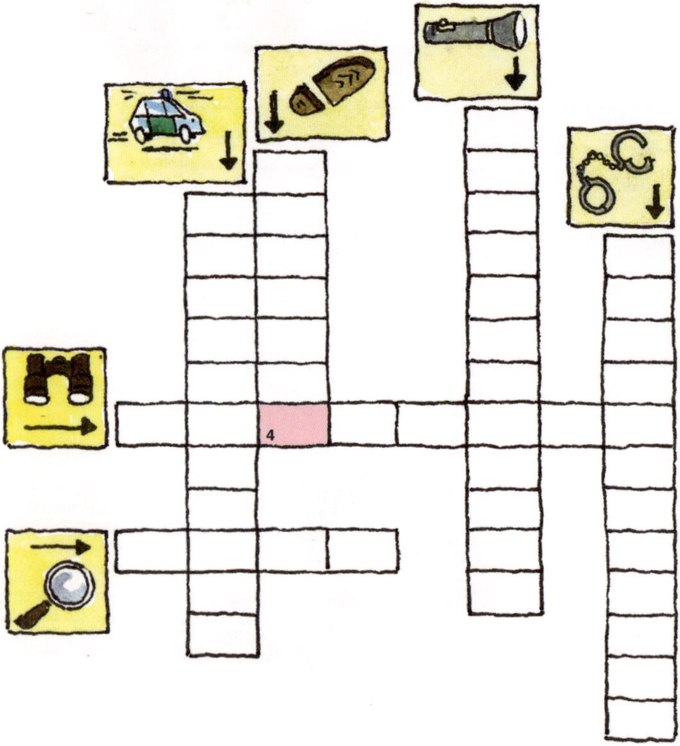

Haltet den Dieb!

Hier ist ein Dieb auf der Flucht. Welchen Weg muss das Polizeiauto fahren, um den Langfinger am anderen Ende der Stadt zu fangen?
Die Buchstaben, an denen das Auto auf dem kürzesten Weg vorbeikommt, verraten dir das Lösungswort.

Lösung:

		8	

Buchstabensalat

Hier hat der Leserabe wohl zu wild mit den Flügeln geschlagen! Ein paar Buchstaben sind durcheinandergepurzelt. Setze aus den Buchstaben wieder die richtigen Wörter zusammen und schreibe sie rechts in die Fußspuren.
Noch ein Tipp: Auch hier dreht sich natürlich alles ums Thema Krimi.

Buchstaben-Sudoku

Sudoku ist japanisch und bedeutet so viel wie „eine Zahl, die allein steht". Bei einem Buchstaben-Sudoku ist das so ähnlich, nur darf hier jeder Buchstabe von A bis I in jeder Zeile, jeder Spalte und in jedem Kasten nur ein Mal vorkommen.
Kannst du die leeren Kästchen rechts richtig füllen?
Noch ein Tipp: Löse das Rätsel Stück für Stück und schaue dir dabei am besten immer eine bestimmte Zeile, eine bestimmte Spalte oder einen bestimmten Kasten ganz genau an!
Das Bild unten zeigt dir, wie's geht.

Kasten

Spalte

D	C	H					A	G
E	I	F	A	G	H	B		C
A	G	B	D		F	I	E	H
	E	I	G		C	A	H	D
	H						B	F
	B	D	H		A	C	I	E
	A	G	F		B	D	C	I
B		C	I	H	G	E		A
I	F	E	C	A	D	H	G	B

Zeile ▶

I	H	D			B			
	F		A	G	D	C	I	H
A	G	C	I					D
E		F	G		H	A	D	
		A	B		F	G		
	C	I	D		A	H		B
D					C	I	H	F
C	I	H	F	D	G		E	
			H	6		D	G	C

Auf frischer Tat ertappt

Drei Ganoven wollen eine Bank überfallen. Doch im letzten Moment kommt ein Polizeiauto um die Ecke. Schnell zerreißen die Räuber einen Zettel. Auf dem Papier haben sie alle Dinge aufgelistet, die sie für ihren Überfall benötigen. Kannst du die sechs Wörter richtig zusammensetzen und die Gauner damit überführen? Verbinde die richtigen Wortteile wieder miteinander und schreibe die Liste neu.

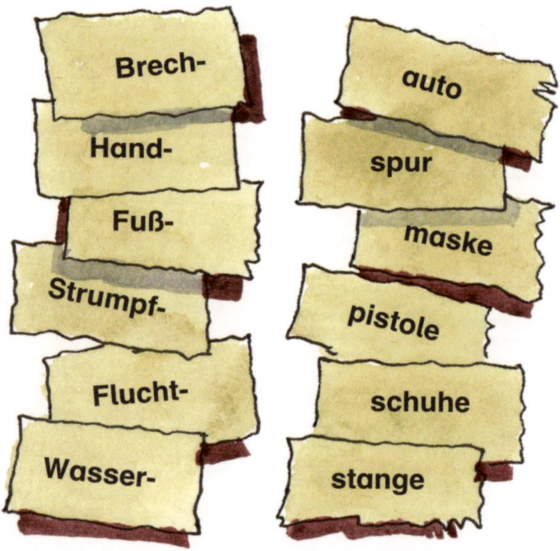

18
IIII
5

Fingerabdruck

Die Polizei ist dem Ladendieb Leo Langfinger schon lange auf der Spur. Bisher konnte er sich immer herausreden, aber ein Fingerabdruck könnte endlich den Beweis liefern. Der Abdruck im roten Kasten ist vom Tatort. Welcher der fünf anderen Fingerabdrücke aus der Polizeikartei stimmt genau mit dem gefundenen Abdruck überein? Findest du ihn und überführst Leo?

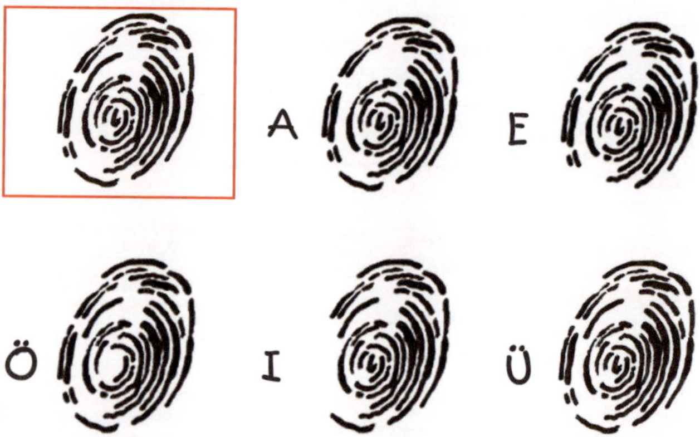

Trage hier den Buchstaben ein, der neben dem richtigen Abdruck steht:

3

Schnappschuss

Die Reporterin ist zur richtigen Zeit zur Stelle.
Sie kann ein wichtiges Beweisfoto schießen.
Aber was ist auf dem Bild zu sehen?
Verbinde die Zahlen in der richtigen Reihenfolge
mit einem Stift, dann erfährst du es.

Geheimschrift

Als gewiefter Detektiv musst du dich gut mit Geheimschriften auskennen. Auf dem Zettel siehst du das Morsealphabet, mit dem verschlüsselte Nachrichten übertragen werden können. Kannst du die geheime Botschaft auf der rechten Seite knacken? Schreibe die Nachricht in die leeren Kästchen.

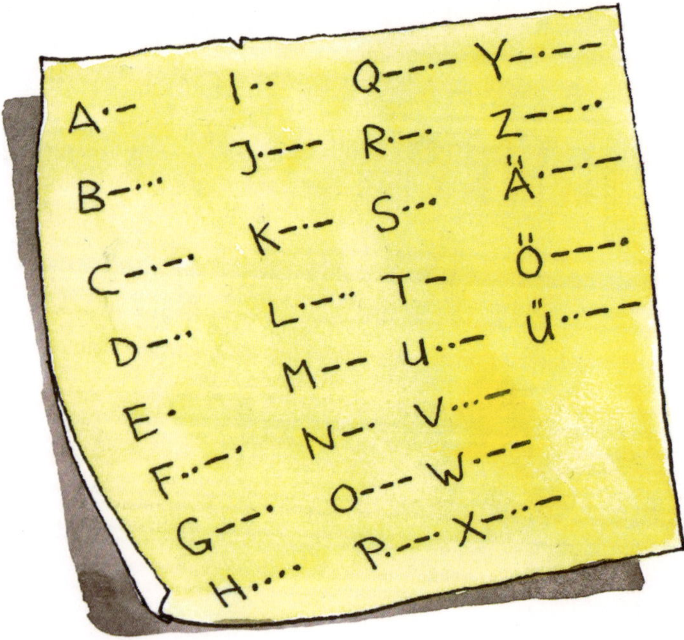

Falsche Buchstaben

In diesen Sätzen von Seite 8 hat jemand 10 falsche Buchstaben versteckt. Lies ganz genau nach und trage die falschen Buchstaben der Reihe nach in die Kästchen ein.

Luca streulnt alleina
am Strannd entlagng.
Seine Elteren schlafwen
in den Liegestüehlen –
wiie immer lim Urlaube.

Lösung:

1	2	3	4	5	6	7	8	9	10

Wörterklau

Ein gemeiner Dieb hat ein paar Wörter aus dem Satz geklaut. Weißt du, welche es sind? Trage die fehlenden Wörter ein. Wenn du dir nicht sicher bist, lies auf Seite 48 noch einmal nach.

Es war ein ________________ Tag:
erst die ______________
und dann der Besuch
in der _______________________.

Lustig!

Auf der Polizeistation klingelt das Telefon. „Kommen Sie schnell. Es geht um Leben und Tod. Hier in der Wohnung ist eine Katze!“, schallt es aus dem Hörer.
Der Beamte erkundigt sich:
„Wer ist denn am Apparat?“
„Der Papagei!“

„Was ist das für ein Hund?“
„Ein Polizeihund.“
„Der sieht aber gar nicht so aus.“
„Soll er auch nicht. Er ist von der Geheimpolizei.“

Lösungen:

Falsche Buchstaben (Seite 112)
Langeweile

Wörterklau (Seite 113)
spannender, Kanutour, Tropfsteinhöhle

Lösungen:

Schnappschuss (Seite 109)

Geheimschrift (Seite 110/111)

Lösungen:

Buchstaben-Sudoku (Seite 104/105)

I	H	D	C	F	B	E	A	G
B	F	E	A	G	D	C	I	H
A	G	C	I	H	E	F	B	D
E	B	F	G	C	H	A	D	I
H	D	A	B	I	F	G	C	E
G	C	I	D	E	A	H	F	B
D	A	G	E	B	C	I	H	F
C	I	H	F	D	G	B	E	A
F	E	B	H	6 A	I	D	G	C

Auf frischer Tat ertappt (Seite 106/107)
Brechstange, Handschuhe, Fußspur, Strumpfmaske, Fluchtauto, Wasserpistole

Fingerabdruck (Seite 108)

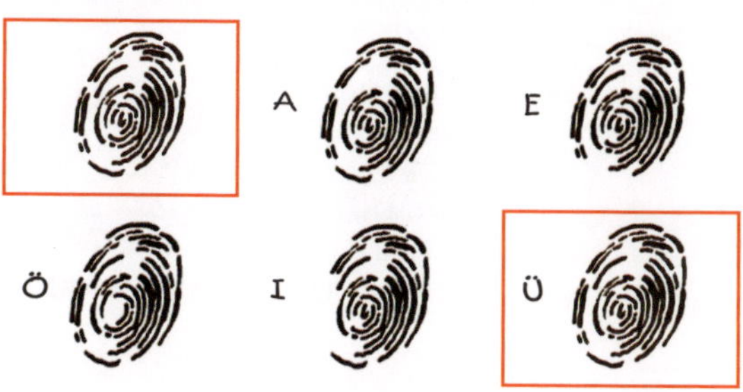

Lösungen:

Bilder-Kreuzworträtsel (Seite 100)

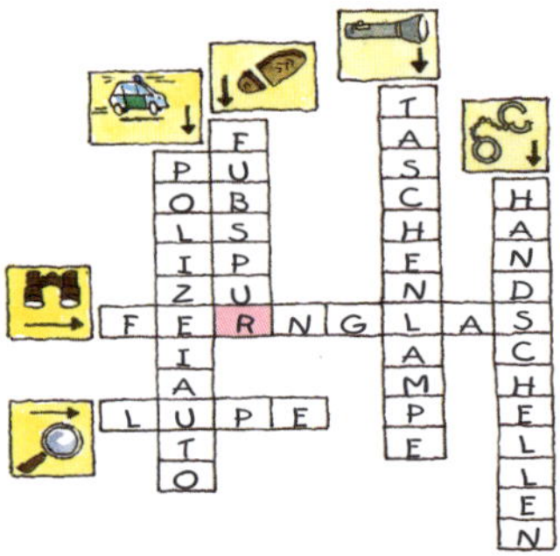

Haltet den Dieb! (Seite 101)

DIEB

Buchstabensalat (Seite 102/103)

Kommissar, Tatort, Gefängnis, Tresor, Detektiv

Lösungen:

Leserätsel (Seite 90–95)

Fragen zu den „Detektivgeschichten“
FESTNAHME

Fragen zu den „Krimigeschichten“
SPURENSUCHE

Bilderrätsel (Seite 96/97)

Buchstabengitter (Seite 98/99)

S	I	L	B	O	B	E	U	T	E	W
O	N	U	M	T	U	G	S	P	L	A
M	Ä	S	E	T	Z	O	G	U	D	L
E	R	N	I	A	C	K	A	R	I	S
K	L	A	N	G	F	I	N	G	E	R
P	F	I	B	S	A	P	O	K	B	U
U	T	L	R	U	D	U	V	Ü	U	F
T	R	A	U	B	I	B	E	I	T	O
E	W	S	C	H	L	O	W	R	A	S
G	I	P	H	U	L	K	M	U	H	S
A	V	E	R	D	A	C	H	T	L	I

Rabenpost

Super, alles richtig gemacht! Jetzt wird es Zeit für die RABENPOST.
Schicke dem LESERABEN einfach eine Karte mit dem richtigen Lösungswort. Oder schreib eine E-Mail.
Wir verlosen jeden Monat 10 Buchpakete unter den Einsendern!

An den LESERABEN
RABENPOST
Postfach 2007
88190 Ravensburg
Deutschland

leserabe@ravensburger.de
Besuche mich doch mal auf meiner Webseite:
www.leserabe.de

Ravensburger Bücher

Leserabe

Doppelband
€ [A] [D] 3,99

Rabenstarke Doppelbände

2. Lesestufe für Erstleser ab der 2. Klasse

ISBN 978-3-473-**36405**-3

ISBN 978-3-473-**36406**-0

ISBN 978-3-473-**36407**-7

ISBN 978-3-473-**36408**-4

Ich habe
mein nächstes Buch schon
gefunden. Und du?

Ravensburger

ERZ_12_007

Ravensburger Bücher vom Leseraben

Leserabe

Leichter lesen lernen mit der Silbenmethode

ISBN 978-3-473-**38532**-4*
ISBN 978-3-619-**14340**-5**

ISBN 978-3-473-**38533**-1*
ISBN 978-3-619-**14346**-7**

ISBN 978-3-473-**38534**-8*
ISBN 978-3-619-**14341**-2**

ISBN 978-3-473-**38539**-3*
ISBN 978-3-619-**14348**-1**

ISBN 978-3-473-**38538**-6*
ISBN 978-3-619-**14342**-9**

ISBN 978-3-473-**38535**-5*
ISBN 978-3-619-**14343**-6**

ISBN 978-3-473-**38536**-2*
ISBN 978-3-619-**14344**-3**

ISBN 978-3-473-**38540**-9*
ISBN 978-3-619-**14347**-4**

ISBN 978-3-473-**38541**-6*
ISBN 978-3-619-**14349**-8**

ISBN 978-3-473-**38537**-9*
ISBN 978-3-619-**14345**-0**

* **Broschierte Ausgabe** bei Ravensburger

** **Gebundene Ausgabe** bei Mildenberger

Mildenberger Verlag

Ravensburger

www.ravensburger.de / www.mildenberger-verlag.de

ERZ_09_006